Petites phrases
pour traverser la vie
en cas
de tempête...
et par beau temps
aussi

Christine Orban

Petites phrases
pour traverser la vie
en cas
de tempête...
et par beau temps
aussi

Albin Michel

Pour Roman et Milan

Introduction

Quand j'étais enfant, j'écrivais sur les murs blancs de ma chambre. J'alignais des mots entre les posters d'Elvis et de Julie Andrews, des guirlandes de mots bleus, rouges, roses ondulaient, malgré les remontrances de ma mère : « Il faudra repeindre les murs... »

Très tôt, j'ai eu besoin des mots.

Très tôt, j'ai compris qu'un mot n'était pas qu'un mot, que chacun d'entre eux était lourd d'une volonté de dire, d'une histoire, et qu'il fallait passer du temps avec eux pour qu'ils nous livrent leur secret. Il y a des mots qui nous accompagnent une partie de notre vie, puis disparaissent mais restent à leur façon.

Je ne me souviens pas de toutes les phrases inscrites sur les murs de ma chambre, j'imagine qu'elles se nichent quelque part, ces phrases oubliées, elles ont quitté ma mémoire pour rejoindre je ne sais quelle partie mal éclairée de mon esprit, de mon cœur, de ma chair ; et qu'elles continuent de m'habiter autant que les phrases dont je me souviens.

Nous sommes faits de mots, de songes et d'un peu de réalité. De mots choisis, béquilles pour une vie en devenir.

Les mots m'ouvraient le chemin, me prenaient par la main, m'aidaient à me tenir droite, comme le tuteur qui redresse la rose trop lourde du jardin. Les mots me transmettaient leur force, je n'étais plus seule, puisque j'adhérais à une autre pensée.

Elles étaient graves, mes phrases choisies. Elles reflétaient ce que je ne savais exprimer : un vers de Mallarmé, un vers de Baudelaire, de Victor Hugo, quelques réflexions de sages... le programme de ma classe.

Mes parents avaient toujours l'air stupéfaits, quand ils parcouraient le mur des yeux.. Outre l'atteinte à l'intégrité de la maison, mon choix était, semblait-il, un peu austère pour mon âge.

Maman avait choisi *Le Petit Prince* comme première lecture. Cette fois, ma démarche avait été différente : je n'avais pas inscrit le passage aimé pour le retenir, pour entendre longtemps la voix douce de ma mère, comme si elle chantait, quand elle lisait :

« Tu n'es encore pour moi qu'un petit garçon tout semblable à cent mille petits garçons. Et je n'ai pas besoin de toi. Et tu n'as pas besoin de moi non plus. Je ne suis pour toi qu'un renard semblable à cent mille renards. Mais si tu m'apprivoises, nous aurons besoin l'un de l'autre. Tu seras pour moi unique au monde. Je serai pour toi unique au monde… »

Je n'étais pas née légère. À peine éveillée, je ne portais pas un regard émerveillé sur le monde, mais je savais que, pour effacer le noir du dedans, il faudrait apprivoiser mon esprit, le convaincre, le protéger, comprendre, oublier, apprendre, regarder et qu'il faudrait appeler les mots à mon secours.

Pas les mots réconfortants que maman me chuchotait à l'oreille avant que je m'endorme, même si j'en avais besoin aussi ; pour m'aider vraiment, il me fallait les mots qui ne caressent pas forcément l'âme, mais qui l'éclairent.

Je voulais vaincre le poids qui pesait sur ma poitrine.

Je voulais approcher mes rêves.

Je voulais rencontrer le renard du *Petit Prince*, l'autre, celui qui, par les mots, me ferait connaître la beauté du monde.

J'avais découvert que certaines phrases avaient le pouvoir de calmer la mélancolie ; selon mes états d'âme, j'ouvrais un livre plutôt qu'un autre. Chopin m'emmenait loin, mais la musique aggravait ma tristesse plus qu'elle ne la soulageait. Vermeer et Vinci m'aidaient à croire en Dieu, mais pas à comprendre pourquoi. La plupart du temps, mes observations venaient après une déception : était-ce le chemin obligé ? L'expérience des autres, mise en mots, pourrait-elle m'aider à faire l'économie d'un chagrin ?

Aujourd'hui au-dessus de mon lit, sur le tissu beige qui a remplacé la peinture blanche de ma chambre de petite fille, j'épingle encore des mots. Des mots tendres se baladent au-dessus de ma tête: écrire, c'est inscrire l'éphémère, immortaliser un instant, un sentiment, une émotion. Des poèmes, des dessins, des mots d'amour en haut; en bas, une forteresse de livres: des piles de bouquins bordent ma couche, les livres à lire, les livres à relire. Quand la pile devient trop haute, qu'elle menace de s'effondrer, je range, contrainte et forcée.

Les mots sont une manie.

Il y a les mots que l'on mérite, parce qu'on a été les chercher; j'ai tourné parfois des milliers de pages avant de les trouver, ces mots qui ont changé ma vie.

Il y a les mots qui viennent à nous. Sans effort, comme si c'étaient eux qui nous avaient choisis, comme s'ils avaient élu un corps, une âme pour s'incarner, des mots tombés du ciel, sans que l'on comprenne pourquoi.

Les mots sont magiques.

Il y a des mots qui s'épanouissent, procurent un bienfait, plus tard, quand vient le moment de les entendre.

Il y a des mots qu'il faut garder secrets, laisser germer en soi. Ils évoluent et leurs effets se modifient selon les moments.

Et puis les mots ne prennent force que dans l'élan d'une phrase ; selon leur ordre, selon le rythme qu'elle leur donne, la phrase a le pouvoir de transformer le sens. Le même mot, inoffensif s'il est solitaire, peut se révéler différent, assassin, selon la façon dont il est accompagné et prononcé.

Mais tous les mots ne sont pas bons à dire. Un mot peut tuer. Alors il existe des mots pour contrer, affronter, interdire et dire non.

Qui n'a jamais rêvé d'un ami qui pourrait tout recevoir, tout comprendre, les angoisses, les échecs, les victoires, les secrets, sans juger, ni trahir ?

Les cabinets des psychanalystes ne seraient pas bondés si l'ami idéal se trouvait là quand on en ressent intensément le besoin.

Les mots sont des amis.

Ma mère avait l'habitude de répéter : « Comme j'aimerais avoir dix ans de moins et savoir tout ce que je sais ! » Puis elle ajoutait, le regard insistant : « Tu vois, seulement dix ans... » Et elle terminait par un geste qui signifiait : « Et vous verrez ce que vous verrez... »

De quelle sorte de savoir parlait-elle ? Quel savoir lui aurait-il permis d'éviter ses erreurs et de transformer sa vie ? Le « petit savoir » de tous les jours... le savoir tiré de l'observation, de l'expérience ? Pensait-elle à ces phrases que l'on se chuchote entre sœurs, entre amis proches sous le sceau de la confidence ?

Phrases de pisteur qui traque les embûches du chemin et la manière de les contourner, petites vérités trouvées en soi ou chez un autre, que l'on fera nôtres.

Ma petite sœur est devenue ma meilleure amie, comme on dit « dans la cour de récré ». Rien ne le laissait présager, nous avions passé notre enfance à nous tirer sur les nattes. Elle est morte à trente-quatre ans. Depuis, c'est notre complicité passée que je cherche au travers de tous les gens que je croise. Je ne serai plus jamais une sœur. Il faudra garder pour moi tout ce que je partageais avec elle. Ne plus pouvoir donner est plus douloureux que de ne plus recevoir.

J'ai eu la chance d'assister à une scène, au cours de laquelle sœur Emmanuelle a soigné un chagrin en quelques mots. Une jeune femme, désespérée d'avoir été quittée par son amour, était venue en dernier ressort la consulter. Elle pleurait, menaçait de se suicider, quand la sœur, d'une voix douce et tranquille, lui a dit :

« Il est parti, et alors ? Rien n'est changé, tu continues de l'aimer. »

La jeune fille a souri, sœur Emmanuelle venait de lui rendre avec quelques mots le principal : la permission d'aimer.

Donner est le seul moyen.

J'avais envie de donner au travers d'un livre comme avant… comme si Corine était là… Donner ce que j'ai peut-être reçu et que je n'ai pas entendu… Donner ce qui m'aurait éclairé la route, si j'avais su… Parce qu'il ne faut jamais arrêter de partager tant que l'on est vivant.

Et ça, je le sais…

Corine, ma petite sœur, disait en riant : « À partir de quand on s'en fout de ne plus être belle, Machris ? » « Est-ce que l'on n'exagère pas l'importance accordée à la réussite ? » Et encore : « Je ne vois pas pourquoi on se priverait d'un pull alors que l'on va mourir. »

Elle disait des choses comme ça.

Elle justifiait les découverts bancaires, autorisait la paresse, le laisser-aller, pleine d'interrogations, de « songes », de réponses approximatives, de phrases lues, gardées, oubliées, retrouvées. Faite de mots.

Si les mots nous constituent, eux seuls peuvent nous venir en aide.

Mots de philosophes, de psychanalystes, de paléographes, d'essayistes, de romanciers, d'inconnus, de poètes, de peintres, d'amis, d'enfants, de sœurs, de parents, de professeurs, et modestement les miens qui n'ont d'autre prétention dans cette ronde que d'apporter mon expérience. Grains de sable dans l'édifice de notre humanité. Les mots sont notre fil conducteur.

1

LES MOTS DE L'AMOUR

L'amour c'est le grand sujet, la grande pré-occupation, de sept à quatre-vingt-dix-neuf ans… On en parle, on en parle, quand ça ne va pas ; sinon, on n'en parle pas.

La séduction

Aimer plaire, c'est préférer l'autre à soi-même.

Difficile d'aimer plaire sans se trahir tout le temps.

Pour plaire, certains s'abandonnent, c'est dire la grande estime qu'ils ont pour eux.

Ce manque de confiance en soi nous habite longtemps. Puis arrive un jour où l'on se préfère et où l'on s'aperçoit que les autres aussi nous préfèrent ainsi...

On séduit tant que l'on veut séduire.

Un comble ! Ne pas avoir le temps d'aimer et être aimé pour cela.
(Relation classique entre un homme débordé et une femme masochiste.)

La liberté, c'est de ne pas chercher à plaire ; mais est-ce sympathique ?

Dans la vie d'une séductrice, il suffit parfois d'avoir eu comme amant un homme puissant ou célèbre pour les avoir tous. À croire que les hommes s'attirent et se rassurent entre eux.
(Cf. la vie d'Alma Mahler, de Lou Andreas-Salomé et d'autres, autour de soi... Avis aux amatrices.)

« Quand Lou se prend d'attachement passionné pour un homme, neuf mois plus tard, cet homme donne naissance à un livre. »

Un admirateur de Lou Andreas-Salomé.

« *La séduction représente la maîtrise de l'univers symbolique, alors que le pouvoir ne représente que la maîtrise de l'univers réel.* »

Jean Baudrillard.

Tomber amoureux

Tomber amoureux : il y a quelque chose qui, dans cette expression, ressemble à un piège, à la prise d'un pied dans le tapis. L'embûche est là, dès le premier mot.

En anglais ? *Fall in love.*

Au Canada ? Tomber en amour.

Et si la base de tous nos malheurs était grammaticale ?

Celui qui attend finit par attendre une personne très différente, souvent idéalisée. En cela l'attente est dangereuse. C'est d'un manque, devenu un songe, que l'on tombe amoureux.

« *Je fais souvent ce rêve étrange et pénétrant*
D'une femme inconnue, et que j'aime, et qui
m'aime
Et qui n'est, chaque fois, ni tout à fait la même
Ni tout à fait une autre, et m'aime et me com-
prend. »

Paul Verlaine.

Cocktail amoureux classique : beaucoup d'idéalisation et un brin de réalité.

Seul le cocktail inverse conduit à la réalisation...

On peut retomber amoureux de la même personne.

« *Malheur au cœur qui n'a pas aimé dès son jeune âge.* »

Ivan Tourgueniev, *Nid de gentilhomme.*

Combien, quand il tombe amoureux, un homme intelligent (ou une femme, bien sûr) peut devenir bête !

Milan, mon fils, dix ans, à une jeune fille : « *Je pense à toi une fois par jour, mais vingt-quatre heures.* »

Quand on est amoureux, l'aimé est toujours absent, même présent...

La passion

Le début d'une passion, c'est quand une seule personne cache toutes les autres. La fin, c'est quand elles réapparaissent.

« On dit que la passion emprisonne la pensée dans un cercle… »

Oscar Wilde.

« Comme sont subtils et nombreux, et lourds à porter, nos fourvoiements, nos pensées secrètes, nos espérances inavouées, les gestes que nous attendons d'autrui, ceux que nous retenons, les mots que nous voulons entendre, ceux que nous entendons et qui n'ont pas été dits ! »

Alice Ferney, *La Conversation amoureuse*.

L'amour range, la passion dérange.

« Ah ! ce vide ! ce vide épouvantable que je sens là dans mon sein ! Souvent je me dis : si je pouvais, ne serait-ce qu'une fois, la serrer sur mon cœur, tout ce vide serait comblé. »

Gœthe, Les Souffrances du jeune Werther.

« La seule différence entre le caprice et la passion d'une vie, c'est que le caprice dure un peu plus longtemps. »

Oscar Wilde, Le Portrait de Dorian Gray.

Certaines femmes ont vécu leur plus grande passion avec un absent.

« Le trajet est long de l'intelligence au cœur. »

Leibniz.

« Nous ne désirons rien, parce que nous aurions jugé que cela est un bien. Mais au contraire, nous l'appelons bien parce que nous le désirons. »

Spinoza.

« La passion ne se soucie pas de ce qu'elle recevra en échange... La passion est sans espoir. »

Sándor Márai.

« Je tremblais qu'elle ne tuât l'amour dont j'étais altéré encore. »

Barbey d'Aurevilly, *Une vieille maîtresse.*

La passion est toujours plus vive quand elle est contrariée et elle s'étiole quand elle est partagée.

La passion passera... Cela semble inimaginable et réconfortant tout de même de se le dire quand on est dedans.

Le désir

Le désir est un farceur, un affabulateur, un menteur, un mirage, souvent.

« Le désir selon l'autre est toujours le désir d'être un autre. »

René Girard.

« Un jour, j'étais âgée déjà, dans le hall d'un lieu public, un homme est venu vers moi. »

Marguerite Duras, *L'Amant.*

(Quand un livre débute comme ça, la suite ne peut décevoir.)

« Car la nature féminine est un abandon sous forme de résistance. »

Kierkegaard, *Le Journal d'un séducteur.*

L'amour

Le bon moment est presque aussi important que la bonne personne. En fait, l'un ne va pas sans l'autre.

« Si l'homme reste solitaire, c'est qu'il est orgueilleux, c'est qu'il n'ose pas accepter le don quelque peu redoutable, il est vrai, de l'amour. »

Sándor Márai.

« La chose la plus importante dans la vie, c'est d'apprendre à exprimer son amour et à recevoir en retour. »

Mitch Albom.

L'amour est le seul point de rendez-vous important.

L'amour vrai abolit l'orgueil.

L'amour est un sentiment matérialiste, ils disent : « Ma femme, mon mari, mes enfants, mes amants »...

« *On n'aime plus personne dès qu'on aime.* »

Proust.

Un mot d'amour, et la vision du monde peut changer.

« *Je suis plein du silence assourdissant d'aimer.* »

Aragon.

La durée différencie l'amour de la passion.

« *Le bonheur conjugal reste mal assuré tant que la femme n'a pas réussi à faire de son époux son enfant, tant qu'elle ne se comporte pas maternellement avec lui.* »

Sigmund Freud.

En amour, il suffit d'être le dernier, pas le premier.

« *Est-il meilleur d'aimer ou d'être aimé ? Ni l'un ni l'autre si notre taux de cholestérol excède 5,35.* »

Woody Allen.

« *La plupart d'entre nous préfèrent être celui qui aime. Car la stricte vérité, c'est que d'une façon profondément secrète, pour la plupart d'entre nous, être aimé est insupportable.* »

Carson Mc Cullers,
La Ballade du café triste.

L'amant

En amour, on peut beaucoup devoir à un rival.

Pas d'amant, quelle économie de lingerie !

La question charnelle est une sorcellerie.

« *Certains hommes sont nés pour devenir des amants, d'autres des maris.* »

Vita Sackville-West, Nigel Nicolson,
Portrait d'un mariage.

« *J'aimais éperdument la comtesse de… ; j'avais vingt ans, et j'étais ingénu ; elle me trompa, je me fâchai, elle me quitta. J'étais ingénu, je la regrettai ; j'avais vingt ans, elle me pardonna : et comme j'avais vingt ans, que j'étais ingénu, toujours trompé, mais plus quitté, je me croyais l'amant le mieux aimé, partant le plus heureux des hommes.* »

Vivant Denon, *Point de lendemain.*

Le chagrin d'amour

Quel bruit fait le cœur lorsqu'il se brise ?

On parle toujours du bonheur, de la montée vers l'amour, et peu de la descente, de ce chagrin auquel se mêle un certain soulagement.

Ma petite sœur à quinze ans aimait bien répéter : « Fuis on te suivra, suis, on te fuira. »

L'amour, projection d'illusions sur une personne inventée.

Aimer, c'est prendre le risque d'être malheureux, rester solitaire, c'est l'assurance de l'être.

« *Comment se peut-il faire que les souvenirs des moments si agréables soient devenus si cruels ? et faut-il, que contre leur nature, ils ne servent qu'à tyranniser mon cœur ?* »

Lettres de la religieuse portugaise.

« *En amour, les femmes ont de grandes blessures qui un jour se referment… alors que les hommes ont de petites cicatrices qui ne se referment jamais.* »

Professeur Henri Birault, lors d'un cours.

« *Objet infortuné des vengeances célestes, je m'abhorre encor plus, que tu me détestes.* »

Racine, *Phèdre*.

« *Seuls les êtres inférieurs mettent des années à se remettre des émotions. Un homme maître de lui peut se remettre d'un chagrin aussi facilement qu'il invente un plaisir. Je ne serai pas l'esclave de mes émotions.* »

Oscar Wilde, *Le Portrait de Dorian Gray*.

« *Je ne comprends pas comment on peut être assez bête pour aimer ceux qui ne vous aiment pas.* »

Luc Ferry, lors d'une conversation.

« *La sagesse des gens non amoureux, qui trouvent qu'un homme d'esprit ne devrait être malheureux que pour une personne qui en valût la peine ; c'est à peu près comme s'étonner qu'on daigne souffrir du choléra par le fait d'un être aussi petit que le bacille virgule.* »

Proust.

Tous ces signes qui n'étaient que des hasards !

Le désamour

« *Valmont, je la croyais éteinte, votre passion pour moi... D'où vient ce soudain retour de flammes et d'une passion si juvénile ?... Trop tard, bien sûr, vous n'enflammerez plus mon cœur; pas une seconde fois, jamais plus.*
Je ne vous dis pas cela sans regret... »

Heiner Muller,
premières phrases de *Quartett*.

Quand elle a cessé de l'aimer, elle s'est aperçue qu'elle seule lui portait de l'intérêt.

Quoi de plus cruel que ce cœur qui peut aimer et désaimer en quelques secondes ?

Le cœur n'a pas de mémoire. Seul l'esprit se souvient.

Un jour, on n'a plus envie de souffrir en amour et on ne souffre plus.

Ne jamais retenir personne, parce que cela ne sert à rien.

On ne peut rien faire contre un homme qui n'a pas le temps. Surtout quand on a le temps.

Quand un homme n'appelle pas, c'est simple : il n'aime pas. Alors qu'il faut se méfier d'une femme qui n'appelle pas.

Elle a dit à cet homme qu'elle sentait s'éloigner : « Je suis juste une amie, un peu spéciale », et elle l'a récupéré, rassuré qu'il était de ne point être trop aimé.

L'adultère

« La façon la plus conventionnelle de s'élever au-dessus du conventionnel. »

Vladimir Nabokov,
Conférence sur Madame Bovary.

Un adultère malheureux efface la culpabilité. La culpabilité ne s'instaure qu'avec le bien-être.

« Fidèle mais avec un s. »

Jules Renard.

« Je t'aimais inconstant, qu'aurais-je fait fidèle ? »

Racine, *Andromaque.*

« On peut ranger les mariages en deux catégories : ceux qui commencent bien et finissent mal ; ceux qui commencent mal et finissent bien. »

Vita Sackville-West, Nigel Nicolson.

La comtesse de Ligne à son époux :
« Vous m'avez été fidèle ? »
Réponse :
« Souvent. »

Le meilleur est notre pire.
(Je pense aux amants, à ces moments volés, qui coûtent si cher, souvent.)

« Ayez de la force et du courage, ma fille, retirez-vous de la cour, obligez votre mari de vous emmener ; ne craignez point de prendre des partis trop rudes et trop difficiles, quelque affreux qu'ils vous paraissent d'abord : ils seront plus doux dans la suite que les malheurs d'une galanterie. »

Mme de Lafayette,
La Princesse de Clèves.

« Lady Millifort avait un secret… elle faisait penser à une femme atteinte d'une maladie incurable. »

Henry James, *La Vie privée.*

Tous ces hommes qui vous trompent et qui arborent des têtes d'ange. Et ces femmes aussi.

Finalement, je préfère le mensonge.

« Pour ma part, je trouvais plus honnête qu'une femme suivît librement et passionnément son instinct, au lieu, comme c'est généralement le cas, de tromper son mari dans ses propres bras, les yeux fermés. »

Stefan Zweig,
Vingt-quatre heures de la vie d'une femme.

2

LES MOTS POUR SOI-MÊME

Les mots oubliés

Où vont les mots oubliés?

Il est probable que les phrases oubliées nous construisent autant que celles dont on se souvient.

On a toujours oublié quelque chose quand on est heureux.

Cette photo ratée, complètement voilée qui est restée intacte dans ma mémoire, si elle avait été réussie, je l'aurais oubliée, comme les autres.

Il y a des mots que l'on entend longtemps après qu'ils ont été prononcés.

Perdre la mémoire, c'est devenir traître.

« …nous ne nous rappelons pas toujours que nous avons oublié, par conséquent, se rappeler que l'on a oublié, ce n'est pas vraiment oublier, n'est-ce pas ? »

Siri Hustvedt, *Tout ce que j'aimais.*

Les mots que personne ne se souvient d'avoir prononcés vous appartiennent-ils ?

La nuit, j'écris des notes urgentes et le matin, j'oublie de les lire.

Les mots pour soi

Quand tout va bien, on va mal pour un rien.

« Ce n'est pas dans Montaigne, mais dans moi que je trouve tout ce que j'y vois. »

Pascal.

Il faut résister à l'image que les autres ont de vous et ne pas finir, de guerre lasse, par y adhérer.

Ne pas dire du mal de soi.

« Je ne peux rien dissimuler à moi-même. »

Vita Sackville-West.

Une des principales difficultés est de se recentrer autour de soi. La liberté n'est qu'à ce prix.

« *Être différent de ce que l'on est… est le désir le plus néfaste qui puisse brûler dans le cœur des hommes. Car la vie n'est supportable qu'à condition de se résigner à n'être que ce que nous sommes vraiment.* »

Sándor Márai, *Les Braises.*

Pas mal de réponses sont en soi, pour qui se donne la peine de chercher.

Le bonheur est souvent une question d'équilibre subtil entre les contraintes et le temps libre.

« *Remercie celui qui t'a déçu, il te libère d'un mal que tu ignorais.* »

René Char.

On ne peut en avoir qu'après soi.

La modestie est promesse de bonheur.

« La paix est appelée fidélité
Et accomplissement du destin
c'est connaître le permanent ;
connaître le permanent
c'est connaître la vérité. »

Lao-Tseu.

Dans la vie, la marche arrière est aussi indispensable que dans une voiture.

Il suffit parfois de s'éloigner de quelques kilomètres pour que change la vision d'un problème.

On croit qu'on n'oubliera jamais et on oublie toujours.

« *Il n'est pas toujours bon d'être soi-même.* »

Paul Valéry, *Rhumbs.*

« *J'aime à vivre dans l'obscurité, au sens matériel tout autant que moral – l'homme en vue ne jouit pas de liberté – je m'exerce à voir dans le noir.* »

Michel Serres.

Les mots du dédoublement

Difficile d'être et de paraître.

Il y a toujours deux personnes en soi : celle qui s'exprime et celle qui est. Le plus difficile consiste à les faire concorder.

Toute gloire est trahison de soi.

Il faudrait ne jamais se trahir, pas même pour soi.

Accéder à la gloire, c'est avoir, à un moment donné de sa vie, préféré l'extérieur à l'intérieur.

Certains vivent une autre vie, la plus importante, dans le regard de l'autre, comme si leur existence ne leur suffisait pas.

On est plusieurs personnes et jamais toutes en même temps.

Il est venu me voir avec son vrai visage : c'est étrange de découvrir le vrai visage d'une personne qui ne pense qu'à mentir, c'est comme voir une comédienne juste après le démaquillage.

« Il y a beaucoup de gens, mais encore plus de visages, car chacun en a plusieurs. »

Rainer Maria Rilke.

« Choisir n'est pas tant élire qu'éliminer. »

André Gide.

Les mots de la sagesse

Ne pas vouloir ce dont on n'a plus envie.

N'attends rien et ce qui vient sera bien.
Attends beaucoup et rien de ce qui vient ne sera bien.

Deux choses m'ont sauvée : le travail, puis la certitude que j'allais mourir un jour.

Ne pas chercher à être aimé de ceux qui ne vous aiment pas.

Le corps est plus raisonnable que l'esprit. Il connaît ses limites, mais l'esprit s'emballe et ne l'écoute pas.

Pour s'habiter, il faut bien s'aimer. Pour bien s'aimer, il faut avoir fait des choses estimables à ses propres yeux et parfois à ceux des autres : se mériter.

On finit par devenir qui on est.

La sagesse c'est finir par penser : « Tant pis. »

Sois où tu es.

Ne pas laisser faire le hasard.

« Le hasard, ce grand maladroit. »

Natalie Barney.

Il est difficile dans un premier temps d'accepter que personne à part soi ne peut réellement nous aider, puis cela rend plus fort.

La raison serait-elle synonyme de moins de joie et moins de peine ?

Et si, pour contredire le stoïcien qui prétend qu'il ne faut avoir aucune attache, nous les multipliions ?

On peut se tromper une fois, pas deux.

Se mentir à soi-même, c'est se prendre pour un idiot.

Quoi de plus injuste que de dire « On a la vie que l'on mérite » ?

Du « tout haut » au « tout bas », il n'y a qu'un pas, il est bon de le rappeler à certains.

« Le sage meurt moins que le fou. »

Spinoza.

« Souviens-toi que chacun ne vit que dans le moment présent, dans l'instant. Le reste, c'est le passé ou un obscur avenir. Petite est donc l'étendue de la vie. »

Marc Aurèle.

Rêverie

Qu'importe le magicien ! Seul compte le tour de magie.

La rêverie est une vie à part entière.

« L'idéal est une manière de bouder. »
Paul Valéry.

« Nous sommes faits de l'étoffe des songes. »
Shakespeare.

L'imagination peut aider à sortir d'un réel insupportable.

Ma propension à rêver m'a évité beaucoup de billets d'avion.

L'imagination est une agence de voyages, assurance incluse.

Au départ de toute réussite, de tout grand amour, il y a le rêve.

Certains voyages ne sont magiques que dans le souvenir.

Se souvenir, c'est vivre une seconde fois.

Si je pouvais ressentir la sensation du soleil dans un rêve, je crois bien que je ne me déplacerais plus jamais.

Les mots de l'expérience

Ne pose pas de question dont tu redoutes la réponse...

(Cette phrase évoque un moment douloureux de ma vie, j'étais face à un médecin et j'ai demandé combien de temps restait-il à vivre à un être cher... Si j'avais su... j'aurais préféré ne pas savoir, ne pas connaître une réponse si cruelle. Pourquoi faut-il si souvent se brûler les ailes, pour apprendre ?)

« Cela ne sert à rien de faire des reproches au destin. »

Phrase favorite de Freud selon Ernest Jones.

Il est dangereux de pardonner à un traître. Qui a trahi, trahira...

Quand une porte se ferme, une autre s'ouvre : ne jamais s'acharner sur les verrous...

Il ne faut pas croire que les autres vont vous épargner.

Se souvenir que :
– les mots répétés sont toujours déformés ;
– les mots répétés le sont souvent dans le seul but de nuire...

Oublier, c'est guérir.
S'affirmer c'est refuser.

S'éloigner des imbéciles, c'est prendre le risque de se retrouver seul.

Pourquoi toujours oublier que l'on ne change jamais personne ? Parce que nous souffrons tous d'un complexe de supériorité.

Pourquoi ailleurs serait-ce mieux qu'ici ?
Pourquoi demain plutôt que tout de suite ?

Parce qu'il faut un certain courage pour vivre au présent. Vivre au présent, c'est balayer la part du rêve : c'est se dire la vie est là et elle est comme ça.

Et si la chance était une forme de talent ?

Vouloir ce qui nous échappe, c'est ne rien vouloir du tout.

Il ne faut rien demander pour ne pas être déçu. Mais celui qui ne demande rien n'a rien, et il est déçu...

Rien ne peut calmer le doute.

Il y a des jours où il ne faut rien faire, rien dire. Juste se coucher et attendre le lendemain.

Dans tout bonheur, il y a une petite part de résignation.

Il suffit parfois de changer un lit de place pour changer sa vision du monde.

Un jour, on se rend compte que ce que l'on a pris pour de la malchance était en fait une chance...

Souvent le temps se charge de vous venger sans qu'on ait à lui demander...

Il faut vivre le moment présent, disent-ils, comme s'il suffisait de couper les fils d'avant et les fils d'après.

Le temps est un grand justicier.

Pourquoi le bonheur a-t-il si mauvaise réputation ?

Je ne connais pas un échec qui n'ait sa part de positif. L'optimiste le sait.

« Être un homme, c'est transformer de l'expérience en conscience. »

André Malraux.

Réfléchir à la vie est-il une façon de vivre ou de ne pas vivre ?

« Être un homme c'est réduire la part de comédie. »

André Malraux.

« Tout ce qui arrive, arrive justement ; [...] comme si quelqu'un vous attribuait votre part suivant votre dû. »

Marc Aurèle.

Les mots de l'observation

Toutes ces choses que l'on n'entend pas, juste parce que ce n'est pas le moment.

Trop de gens sont généreux avec ceux qui n'en ont pas besoin.

Pourquoi, lorsque l'on donne en attendant un retour, on ne reçoit jamais rien ? Parce que rien ne peut combler cette attente.

Il y a les années où l'on sait vivre et celles où l'on sait récolter.

C'est l'homme qui m'a le moins donné, qui m'a le plus appris.

L'angoissé a l'impression de vivre plus intensément dans le mouvement, le sage dans l'immobilité.

Le choix torture la plupart des indécis, qui oublient qu'il est bien pire de ne pas avoir le choix.

Celui qui veut aller loin pardonne sur son chemin.

Le pardon ouvre des portes, la rancune les referme.

Le talent n'est pardonné que s'il est douloureux.

Les ivrognes sont ceux qui ne sont jamais ivres naturellement.

La vie n'est pas étanche, le présent est toujours imprégné du passé. L'homme nouveau n'existe pas. L'homme du présent est toujours la somme des hommes qu'il a été.

À observer les hommes et leurs contradictions, j'en déduis qu'il n'y a que des situations. Ils changent d'idées comme de chemise.

Quand on ne va pas au fond de ses possibilités, c'est souvent pour garder des excuses en cas d'échec. Et c'est dans ce qu'il ne donne pas, que le prudent garde de quoi panser ses blessures.

Et si les bienveillants prenaient le pouvoir, le resteraient-ils ?

Si le mot « gentil » est teinté de mépris, c'est que nous sommes tous un peu méchants.

« *La pensée est une espèce de jeu qui n'est pas toujours très sain.* »

Alain, *Propos sur le bonheur.*

« *Je réagis comme tout le monde et même comme ceux que je méprise le plus ; mais je me rattrape en déplorant tout acte que je commets, bon ou mauvais.* »

Cioran, *De l'inconvénient d'être né.*

Les faibles aiment les forts et les forts aiment les faibles.

L'homme comme l'arbre a besoin de racines, même de très petites, pour tenir debout.

Une de mes grandes déceptions : j'ai cru que les hommes intelligents n'avaient pas de faiblesses, et je me suis aperçue que souvent ils en avaient plus que les autres.

C'est peut-être parce que l'on perd, mais surtout parce que l'on retrouve tant de choses en déménageant, que c'est traumatisant.

Les arrivistes n'arrivent qu'extérieurement.

On n'est jamais aimé pour ses défauts, mais on peut être haï pour ses qualités.

Le doute est la seule chose dont je sois sûre.

Rien ne sert de se projeter. On est toujours différent le moment venu.

« *Ce qu'on essaye souvent et qu'on ne cesse de vouloir, un jour on finit par réussir à l'obtenir.* »

Sigmund Freud, lettre à Martha.

Il ressemblait à une de ces personnes sympathiques qu'on a l'impression d'avoir déjà rencontrées.

C'est quand le bonheur est parti, que le malheureux se rend compte qu'il était heureux.

Le souvenir est la seule façon de freiner la glissade du temps, sans l'arrêter pour autant.

« *...l'esprit déprave les sens et la volonté parle encore quand la nature se tait...* »

Jean-Jacques Rousseau.

Non !

Non ! Il a l'air de rien ce mot-là et pourtant... Les enfants s'affirment quand ils savent dire non et les adultes se font respecter quand ils l'assènent sans commentaire.

Toute résistance est une affirmation de soi.

Dire non demande de l'assurance et un peu de prétention.

Le non attire le oui, le oui attire le non ; et les hommes et les femmes, à mi-chemin, finissent par se rencontrer.

Apprendre à dire non est un long apprentissage.

« Pourquoi refusez-vous ?
— I would prefer not to. »

Herman Melville, *Bartleby.*

Dire « non », c'est réaliser que soi existe autant que l'autre et avec plus d'exigence.

Oui !

Peut-être faut-il avoir épuisé la joie et la force de nombreux « non » pour être capable de proférer un « oui » plénier, sans peur et sans reproche ?

« … le signe oui *est d'un homme qui s'endort ; au contraire, le réveil secoue la tête et dit* non. *»*

Alain, *Propos sur la religion.*

« J'aime celui qui désire l'impossible ! »

Goethe, *Faust.*

Souvent un simple oui équivaut à un non.

C'est l'ombre du « non » qui rend le « oui » séduisant.

3

LES MOTS ET LES AUTRES

Les autres

Les services que l'on rend se périment très vite.

Rien de plus paralysant que de penser à ce que les autres pensent de vous.

Les autres ne cherchent pas plus loin que ce que vous leur donnez à voir. Mis à part ceux qui vous aiment.

Quand j'ai été déçue par le comportement d'un ami, je m'insurge contre ma propre incompétence à l'avoir démasqué, plus que contre sa propre médiocrité.

L'important est de continuer à accorder sa confiance et de ne pas devenir misanthrope.

Donner, c'est ne rien attendre en retour.

Il y aurait moins d'envieux sur terre si, au plaisir de posséder, ne s'ajoutait le besoin que cela se sache.

Ceux qui ne vous aiment pas vous aiment encore moins quand ce que vous faites est bien.

On se sent idiot d'apprendre que quelqu'un que l'on aime bien ne vous aime pas. Puis on se sent supérieur.
Et c'est pour cela qu'il vous déteste.

« Ne jamais attendre une récompense, une béatitude. Opposer des ondes nobles aux ondes ignobles. »

Jean Cocteau.

Il y a trois naissances : la première dont on n'est pas responsable, celle dont on est responsable en choisissant sa vie et une troisième dans le regard des autres, aussi incertaine que la première.

« *Tout ce que l'on dit de nous est faux ; mais pas plus faux que ce que nous en pensons. Mais d'un autre faux.* »

Paul Valéry.

« *Les autres, ne pouvant se placer au même point de vue que nous, ne comprennent pas l'importance du mal que leurs paroles dites au hasard peuvent nous faire.* »

Marcel Proust, *Albertine disparue.*

Quand quelqu'un ne vous aime pas, c'est presque toujours parce qu'il croit que vous ne l'aimez pas.

L'importance du regard des autres... Voilà un des grands mystères chez certains hommes intelligents...

Il y a des gens qui ont tout et qui ont l'impression de ne rien avoir.

Il y a des gens qui n'ont rien et qui se portent très bien.

Et ils meurent tous un jour.

Les faibles ont souvent leur personnalité parasitée par quelqu'un d'autre.

Ils peuvent devenir un autre, sans en avoir conscience.

Au fond, je ne sais pas si vouloir être aimé de ceux qui ne nous aiment pas est un signe d'arrogance ou de fragilité. D'inconscience en tous les cas.

Il ne faut pas croire que les autres vont vous épargner.

Les boucliers s'élèvent où que vous vouliez aller.

Les rumeurs finissent par donner des idées à ceux qui en sont victimes.

Combien de personnes intelligentes sont prêtes à sacrifier leur bonheur à l'apparence du bonheur !

« À mesure que l'on a plus d'esprit, on trouve qu'il y a plus d'hommes originaux. Les gens du commun ne trouvent point de différence entre les hommes. »

Pascal, *Pensées.*

« Je vous ai évité par une sorte de crainte de rencontrer mon double. (…) Votre sensibilité aux vérités de l'inconscient, de la nature pulsionnelle de l'homme, tout cela éveillait en moi un étrange sentiment de familiarité. »

Sigmund Freud, lettre à Arthur Schnitzler.

Les mots de l'amitié et de l'inimitié

Le problème avec l'amitié, c'est qu'il faut tout le temps en renouveler les signes, sinon les gens oublient qu'ils sont amis.
(Les vrais amis n'oublient pas.)

L'amitié s'entretient comme un jardin ; certains sont plus exigeants que d'autres, mais ce ne sont pas forcément les plus beaux.

« *Il ne semble même pas que l'on puisse être pour beaucoup un ami au sens plein du mot pour la raison qui fait que l'on ne peut aimer plusieurs êtres.* »

Aristote, *Éthique à Nicomaque.*

Les ennemis ne devraient pas prendre plus d'énergie que les amis.

Un ami, c'est celui devant qui on peut se montrer faible et qui n'en profite pas.

Un ami, c'est quelqu'un qui vous connaît bien et qui vous aime malgré tout.

« C'est un grand malheur pour moi, je crois, que la nature ne m'ait pas donné ce je-ne-sais-quoi qui attire les gens. (…) Il m'a fallu beaucoup de temps pour me faire des amis, j'ai été obligé de lutter si longtemps pour conquérir ma bien-aimée et à chaque fois que je rencontre quelqu'un, je constate dès l'abord qu'une pulsion qu'il ne cherche nullement à analyser pousse le nouveau venu à me sous-estimer. »

Sigmund Freud, *Lettre à Martha*.

Il y a les amis de la gloire et les amis du malheur.
(Il suffit d'en avoir un de chaque.)

Certains demandent des services à leurs amis, puis leur en veulent de les leur avoir rendus.

Peut-on dire d'un ami qui un jour ne l'est plus qu'il ne l'a jamais été?

Beaucoup ne défendent pas leurs amis, parce qu'ils ne sont pas sûrs qu'ils en feraient autant à leur place.

Par narcissisme excessif on peut devenir son pire ennemi.

« *Choisis bien ton ennemi, tu finiras par lui ressembler.* »

Nietzsche.

Contre la jalousie : ne choisir que des amis intelligents et qui ont approché leur rêve.

« *Utile, trop utile pour être un ami.* »

Colette.

Dans de nombreux cas, ce n'est pas la hardiesse de nos ennemis qu'il faudrait blâmer, mais la mollesse de nos amis.

Certains aiment une fonction à travers une personne, alors l'amitié s'éteint avec la fonction.

« *Il vaut mieux acheter ses ennemis que de les briser.* »

Fouquet.

« *Ce n'est pas un ami que l'ami de tout le monde !* »

Aristote.

Amitié, une chose si rare et un mot si galvaudé !

« *Voyons, voyons ; des ennemis ! Il ne faut pas penser aux ennemis !* »

Dostoïevski, *Le Double*.

(J'avais écrit : « La meilleure façon de se débarrasser d'un ennemi est de ne pas penser à lui. » Et, en ouvrant ce roman de Dostoïevski, une vingtaine d'années après l'avoir lu, je vois ces deux lignes soulignées. Je suis incapable de dire si les mots qu'on lit nous nourrissent au point qu'on peut les avoir faits siens sans s'en souvenir. À moins que l'on réinvente... parce que « *Tout est dit, et l'on vient trop tard depuis sept mille ans qu'il y a des hommes et qu'ils pensent* », La Bruyère...)

Le temps est un ennemi commun.

La compréhension est à la source de toutes les indulgences.

Les conseils d'amis...

Jean Dutourd : *« Crois-moi, prends deux heures de vacances par jour... »*

Françoise Giroud : *« Il ne faut pas engager la discussion avec un imbécile. »*

Un photographe : *« Tu as l'air gentille, ce n'est pas bien, il ne faut pas avoir l'air gentil en photo. »*

BHL : *« Juge les gens à la façon dont ils se comportaient avec toi quand ils étaient en haut... »*

Marie-France Hirigoyen : *« On ne peut pas être aimé par tout le monde. »*

François Nourissier (citant Diaghilev à Cocteau) : *« Ce que l'on te reproche, cultive-le, c'est toi. »*

Trois conditions pour être heureux selon Flaubert : *« Être bête, égoïste et avoir une bonne santé. »*

« Il vaut toujours mieux acheter que de ne pas acheter, je crois. »

Virginia Woolf, *Journal.*

Paul Valéry : *« On peut gâcher sa vie par politesse. »*

L'apparence

Un jour arrive où plus aucune robe ne peut vous rendre belle.

À Paris, l'habit fait le moine.

Quand je suis bien habillée, je n'ai jamais froid…

Coco Chanel à un photographe inquiet qui lui demandait en voyant arriver une fille :
– Où est le mannequin ?
– Dans la mallette.

« J'ai endossé des vêtements qui m'ont déguisée mais sous eux, le petit "moi" qu'ils gênaient est toujours lui-même et je le retrouve avec tant de joie. »

Alexandra David-Néel, *Journal de voyage.*

Ma définition des soldes : acheter tout ce dont on n'a pas besoin et dans la mauvaise taille.

« *Moi, c'est moralement que j'ai mes élégances.*
Je ne m'attife pas ainsi qu'un freluquet,
Mais je suis plus soigné si je suis moins coquet... »

Edmond Rostand, *Cyrano de Bergerac*.

« *Le spectacle se présente comme une énorme positivité indiscutable et inaccessible. Il ne dit rien de plus que ce qui apparaît est bon, ce qui est bon apparaît. »*

Guy Debord.

Les événements ne sont presque jamais ce qu'ils semblent être.

« *C'est l'esprit qui imprime son mouvement à la matière. »*

Virgile.

Les cadeaux

Le plus beau des cadeaux? Des mots justes.

Autre cadeau : apprendre.

« La façon de donner vaut mieux que ce que l'on donne. »

Corneille.

Très souvent la personne qui reçoit un cadeau en offre tout de suite un autre : une façon d'annuler le cadeau ou d'être quitte? Comme si c'était insupportable.

« Vous avez l'air d'un cadeau… » Un compliment?

Les mots du bien-être

La vie agréable est une question de distance, distance avec les êtres, distance avec les événements, distance avec les émotions.

« Personne ne peut vous humilier sans votre permission. »

Marie-France Hirigoyen.

« Le bonheur n'est jamais à l'extérieur et quelques rares fois, à l'intérieur de soi. »

Jean Dutourd.

Une amie me disait : « Quand j'accélère la cadence, je pense moins à lui. Et c'est mieux comme ça. » Et si le bonheur était une question de rythme ?

Tâchons de changer nos désirs quand on ne peut obtenir les choses.

Les gentils sont-ils gentils parce qu'ils sont heureux ou heureux parce qu'ils sont gentils ?

Une bonne action porte en elle sa récompense. Faire le bien est une source de bonheur si facile que je m'étonne toujours que le bien ne soit pas plus répandu.

Pas d'humiliation sans complicité inconsciente.

Souriez, le reste suivra !

Ceux qui étalent leur bonheur dérangent, parce que cela sonne comme une fausse note dans une mélodie.

« Les gens heureux ne cherchent rien, et ne vont point avertir les autres de leur bonheur; les malheureux sont intéressants, les gens heureux sont inconnus. »

Mme du Châtelet,
Discours sur le bonheur.

Triste spectacle que celui d'une personne simulant le rire pour embêter ses voisins; triste parce qu'elle pense que sa joie peut les contrarier.

« Impose ta chance
Serre ton bonheur
Et va vers ton risque
À te regarder, ils s'habitueront. »

René Char.

Le snobisme

La honte de quelque chose d'intime, de familial, est souvent à l'origine de tout snobisme.

La réussite sociale, c'est quand les autres ont plus de bonheur à vous voir que vous n'en avez à les voir...

Il ne devrait pas exister de snobisme spirituel.

Les gens superficiels se rassurent entre eux.

« L'envie ne naît que si l'effort requis pour mettre en œuvre ces moyens d'acquisition échoue en laissant un sentiment d'impuissance. »

René Girard.

Une assemblée de snobs ressemble à un troupeau : ils avancent et pensent ensemble…

Le snob ne vous aime que si les autres vous aiment. Et le pire est de rechercher cet amour.

La pire insulte pour un mondain : « C'est un mondaın ! »

Snobisme (entendu à la télé) : « Paris, c'est deux cents personnes ! »

« En dernière analyse, à l'échelle microscopique, il n'y a qu'un seul snobisme, celui de l'argent et de ce qui équivaut à l'argent : le pouvoir, l'influence, la célébrité. »

Jean-François Revel.

« *Chez Proust comme chez Dostoïevski c'est le désir d'invitation, le refus brutal de l'Autre, qui déclenche le désir obsessionnel. (…) Le snob commet mille platitudes pour se faire accepter de gens qu'il dote d'un prestige arbitraire. (…) L'essence du snobisme est donc l'absurdité.* »

René Girard, *Mensonge romantique et vérité romanesque.*

Le snobisme commence devant une porte fermée.

La célébrité

Et si le monde entier décidait de se saluer, on connaîtrait tous les bienfaits de la célébrité.

« ... les lauréats du Nobel sont-ils pareils à nous tous, restent-ils insatisfaits, ambitieux, continuent-ils de courir après de nouvelles découvertes, un surplus d'honneur, un surplus de célébrité ? »

David Lodge, *Pensées secrètes.*

La célébrité est dérangeante en ce qu'elle cache de névrose, de dépassement de soi au mépris de soi.

« *Il y a toujours deux côtés dans une histoire.* »

Marilyn Monroe.

« *La gloire peut aussi apparaître comme une forme d'immortalité personnelle et c'est sans doute pour cette raison qu'elle fut et reste enviée par nombre d'êtres humains. (…) Pour beaucoup d'autres, elle ne sera jamais plus qu'une piètre consolation, pour ne pas dire une forme de vanité… * »

Luc Ferry.

Le pouvoir

L'homme de pouvoir voit en chacun un futur assassin.

« *Il ne s'agit plus de vivre, il faut régner.* »

Racine, *Bérénice.*

« *Tout a toujours très mal marché.* »

Bainville.

L'homme fort respecte la gentillesse. Le faible s'en gausse.

« *Le chef est un homme qui a besoin des autres.* »

Paul Valéry.

Il faudrait être sûr avant d'élire un homme à la tête d'un État, qu'il s'est rendu « maître du chaos intérieur ».

« Car tu es tenu par ce que tu tiens
Et là où tu es le maître, tu es aussi le valet. »

Stefan Zweig.

« La puissance ne se montre que si on en use avec injustice. »

Raymond Radiguet.

Les mots pour sourire

Woody Allen : « *La première fois que j'ai vu une femme à poil, j'ai cru que c'était une erreur.* »

Un Anglais : « *On peut gâter son chien plus que ses fils, on n'a pas à en faire un homme.* »

Jean Cocteau : « *Tout était froid, sauf le champagne.* »

Charles Baudelaire : « *Un homme qui ne boit que de l'eau a un secret à cacher à ses semblables.* »

Un bâtonnier du barreau de Paris : « *Un cocktail, c'est une minute au mètre carré.* »

Un philosophe : « *Une erreur de placement et le dîner est foutu.* »

Le général de Gaulle à un de ses ministres :
« *Restez sur les hauteurs, c'est moins encombré.* »

Paul Valéry à Natalie Barney : « *Tu penses, donc je fuis !* »

Définition d'une maison à la campagne par un ami : « *On s'ennuie le jour et on a peur la nuit.* »

Un jardinier normand : « *Quand on voit Le Havre, c'est qu'il va pleuvoir ; quand on ne le voit plus, c'est qu'il pleut.* »

Alphonse Allais : « *Deauville, si loin de la mer et si proche de Paris.* »

Les dîners de gala : « *Un cauchemar d'y être, une angoisse de ne pas en être.* »

Si vous voulez vous décommander d'un week-end, demandez si vous pouvez venir avec vos enfants et votre chien.

Mark Twain, ayant lu dans un journal (1914) la nouvelle de sa mort, adressa au directeur du journal un télégramme ainsi rédigé : *« La nouvelle de ma mort est fort exagérée. »*

Jules Renard : *« Il était si laid, que lorsqu'il faisait des grimaces, il l'était moins. »*

Un éditeur, pour consoler un auteur malheureux de la rentrée littéraire. *« Tu n'as pas de prix ! »*

Un ami écrivain qui pestait contre sa : *« détachée de presse ».*

Cocteau : *« Un cocktail, des Cocteau. »*

Louise de Vilmorin : *« Peine de paradis ».*
(À propos des petits bobos de la vie.)

4

LES MOTS DE L'EXPRESSION

L'écriture

Écrire un roman c'est poursuivre un désespoir, pas une histoire.

C'est quand rien ne se passe que l'écrivain a le plus à raconter.

« J'étais élu, marqué mais sans talent : tout viendrait de ma longue patience et de mes malheurs. »

Sartre, *Les Mots.*

« Personne n'écrit pour s'assurer la célébrité qui est quelque chose de transitoire, autrement dit une illusion d'immortalité. Avant tout, nous écrivons pour satisfaire quelque chose à l'intérieur de nous-même, non pour les autres. Évidemment, si ces autres approuvent notre effort, cela contribue à

augmenter notre satisfaction intérieure, mais mal-
gré tout c'est surtout pour obéir à une compulsion
interne que nous écrivons. »

Sigmund Freud.

« Écrire est une façon de vivre. »

Gustave Flaubert.

Ma vie se divise comme les pages d'un carnet, en choses à écrire et en choses à faire.

Je crois en l'inconscience, pas en la modestie de celui qui expose ou publie.

Un raisonnement faux a toujours son utilité, la plupart des théories se construisent contre.

Le travail d'écriture est une carapace. Quand vous vous y adonnez, personne ne peut vous atteindre, parce que vous oubliez le monde.

« Depuis des semaines, sauf de courtes interruptions, je n'ai pas prononcé une seule parole ; ma solitude se referme enfin et je suis dans le travail comme le noyau dans son fruit. »

**Rainer Maria Rilke,
lettre à la comtesse de Solms-Laubach.**

Les quatre murs entre lesquels ils travaillent sont la seconde peau des écrivains.

« J'aime ces existences tranquilles. Ils travaillent toujours et pourtant, on ne les dérange jamais. »

André Gide, *Paludes.*

Les mots perdus sont comme les moments perdus, on en garde une nostalgie, et on ne les retrouve pas.

Tant que coule l'encre, il y a de l'espoir.

Les mots restent le seul moyen de pénétrer l'âme.

J'avais vingt ans quand Jean d'Ormesson m'a dit : « *Quand on est paresseux et ambitieux, il faut devenir écrivain.* »

Écrire un roman c'est avoir une double vie.

« *J'ai choisi le métier d'écrivain contre la mort et parce que je n'avais pas la foi.* »

Jean-Paul Sartre.

L'essentiel est de commencer. Entre le début et la fin d'un roman, il suffit de suivre les mots, ils ont leur vie propre. Un peu de souffle et ils se multiplient.

Le vampirisme des écrivains : tout est matière à roman, même les amours, sauf les très grands. Bien que je n'en sois pas si sûre...

Il y a de grandes similitudes dans le fait de porter un enfant et de porter un roman. Il y a cette idée de fabriquer quelque chose à l'intérieur de soi et de se suffire à soi-même.

Le manque est un moteur pour beaucoup de romanciers.

Commencer un roman, c'est prendre congé de la vie réelle.

« *Et je dois, dans mon subconscient, sevrer mon esprit, une fois pour toutes, de ce roman et préparer une autre ambiance créatrice, sans quoi je sombrerais dans un affreux désespoir.* »

Virginia Woolf, *Journal.*

Ce début du *Livre de ma mère*, d'Albert Cohen, comme un air entêtant que je ne peux oublier : « *Chaque homme est seul et tous se fichent de tous et nos douleurs sont une île déserte.*

Ce n'est pas une raison pour ne pas se consoler ce soir dans les bruits finissants de la rue, se consoler, ce soir, avec des mots. Oh, le pauvre perdu qui, devant sa table, se console avec des mots, devant sa table et avec le téléphone décroché, car il a peur du dehors, et le soir, si le téléphone est décroché, il se sent tout roi et défendu contre les méchants du dehors, si vite méchants, méchants pour rien. »

Magie de l'écriture : aimer des hommes que l'on invente.

Valéry Giscard d'Estaing à un de ses éditeurs : « Si le livre ne vous plaît pas, saurez-vous trouver les mots pour me le dire sans me blesser ? »

« La littérature c'est la preuve que la vie ne suffit pas. »

Pessoa.

« Je sais depuis longtemps qu'il m'est impossible de travailler quand je me porte bien ; j'ai besoin, au contraire, d'un certain degré de malaise dont je m'efforce de me débarrasser. »

Lettre de Freud à Sandor Ferenczi.

Il ne faut pas craindre de transformer un fait réel pour une question de rythme.

Écrire enceinte, c'est intellectualiser une œuvre du corps et animaliser une œuvre de l'esprit.

Que reste-t-il du passé quand on ne l'a pas consigné entre les pages d'un livre ?

Impossible d'écrire un roman sans prendre de risques. C'est un peu comme un voyage dans le désert, on est à la merci d'une panne, de pièges de toutes sortes mais aussi d'un vent chaud qui peut vous pousser loin...

Colette, selon sa femme de chambre, travaillait bien le ventre plein, d'autres se concentrent mieux le ventre vide. De là à bâtir une relation entre l'intelligence et la digestion...

L'écriture dépend de soi, la publication dépend des autres. La sagesse consiste à ne s'occuper que de ce qui dépend de soi...

« On ne peut pas écrire sans la force du corps. Il faut être plus fort que soi, pour abolir l'écriture. Il faut être plus fort que ce que l'on écrit. »

Marguerite Duras.

On peut vivre à Paris, comme à la campagne : écriture, promenades, un certain détachement et finir par regarder la foule comme une forêt d'arbres ou de rosiers.

De quoi sommes-nous propriétaires ? De quelques pensées ? Pas même en droit, les idées ne sont pas protégeables. De leur réalisation, dit la loi. On écrit, on se croit libre, alors que la loi fait de vous un petit-bourgeois capitaliste.

Il y a ceux qui écrivent pour vivre et ceux qui vivent pour écrire.

« Le corps est terrifiant. Il meurt. Les mots ne meurent jamais. »

Virginia Woolf.

La lecture

On oublie presque tout ce que l'on a lu. Et pourtant, la différence entre un homme qui a lu et un qui n'a pas lu est immense.

Quand j'ouvre un livre que j'ai lu quelques années auparavant et que j'y reconnais mon écriture dans la marge commentant certaines phrases, j'ai l'impression de découvrir quelqu'un que je ne connais pas et qui est moi.

« *Personne ne lit jamais le même livre.* »

Philippe Sollers.

« *Si je n'avais plus rien à lire, je crois que je me jetterais sur l'annuaire du téléphone.* »

Jean Chalon.

Il faudrait être aussi sévère dans le choix de nos lectures que de nos amitiés.

À force de lire *La Recherche...*, je pense à Proust comme je penserais à un ami.

Commencer un livre, c'est entreprendre un long voyage immobile.

Lire sans crayon à la main, c'est lire de loin.

Des petites phrases ont gouverné ma vie ; j'ai dû me répéter des milliers de fois une phrase de Faulkner, de Nietzsche, ou de Cocteau ; et si la réussite d'un écrivain se résumait à une petite phrase que le monde entier connaîtrait par cœur ?

« *J'ai rêvé l'autre nuit que je retournais à Manderley.* » Ainsi commence un des premiers romans que j'ai lus, *Rebecca*, de Daphné du Maurier. Cette phrase m'a ouvert la porte de la lecture : si je suis devenue une lectrice passionnée, c'est peut-être à cause de ce roman.

Ma maison est construite en briques à l'extérieur et en livres à l'intérieur.

Il y a les livres que l'on dévore, mais aussi ceux qui vous dévorent.

La lecture m'a épargné tant de voyages...

« Rien ne tue jamais rien. Quand je lis Proust, il me donne envie d'écrire. »

Charles Dantzig.

« Et il savait lire, pas les livres, ça tout le monde peut, lui, ce qu'il savait lire, c'était les gens. Les signes que les gens emportent avec eux : les endroits, les bruits, les odeurs, leur terre, leurs histoires... écrites sur eux, du début à la fin. »

Alessandro Baricco, *Novecento Pianiste.*

La critique

On dit qu'un critique devrait oublier l'auteur pour ne s'occuper que de l'œuvre, mais c'est souvent l'auteur qui ne veut pas être oublié, même à son détriment.

L'imitation est une forme de flatterie, la critique en est une autre.

« La critique ne peut pas me toucher, puisque seule l'opinion que j'ai de moi compte. »

Sigmund Freud.

« On peut calculer la valeur d'un homme d'après le nombre de ses ennemis et l'importance d'une œuvre d'après le mal que l'on en dit. Les critiques sont comme les puces, qui vont toujours sauter sur le linge blanc et adorent les dentelles. »

Flaubert, lettre à Louise Colet.

« *On est stupéfait de la quantité de critiques que peut contenir un imbécile.* »

Victor Hugo.

« *Si toutes les réponses que l'on peut apporter à un livre ont déjà été reproduites et développées par un critique professionnel, alors quel est le sens de sa lecture? Simplement c'est la sienne.* »

Julian Barnes, *Le Perroquet de Flaubert.*

Le journal intime

Écrire sur la personne que l'on veut oublier jusqu'à saturation.

Maladie des temps modernes : certaines personnes n'existent qu'entre les pages d'un journal.

Il faudrait attendre tellement de morts avant de publier un journal !

Un journal, comme un cahier d'aphorismes, est une œuvre qui se fait lentement, au rythme du temps seul, puisque la vie se charge de le nourrir.

Tenir un journal comme si sa propre vie était importante...

Seul un journal posthume peut être sincère.

« *Dire son histoire crée un sentiment de soi cohérent. C'est une réconciliation entre les deux parties du moi divisé. Le moi socialement accepté tolère enfin le moi secret non racontable.* »

Boris Cyrulnik.

L'édition

« Je fais un drôle de métier : j'achète du papier, ça a de la valeur, je l'imprime et cela ne vaut plus rien. »

René Julliard.

Il y a ceux qui achètent votre livre comme s'ils vous faisaient un cadeau.

Il y a ceux qui regardent la couverture, lisent la quatrième, et le reposent.

Il y a les autres, heureusement.

Il y a des gens qui ne vous complimentent jamais sur le livre que vous avez publié, par peur de vous faire plaisir.

« *Parfois je me demande pourquoi, j'achète un manuscrit si cher alors qu'il me coûterait 20 euros en librairie.* »

Mon mari, éditeur.

Un éditeur à un auteur déçu de ses chiffres : « *Invitez mille personnes chez vous, vous verrez si ça ne fait pas du monde !* »

L'art

Seul l'art rend le destin des hommes acceptable. Il y a ceux que le beau rassure et ceux que le laid rassure.

« Il est difficile de peindre avant de peindre. »

Shitao.

On peut s'approcher de son modèle en copiant ses objets.

Trop de subjectivité rend l'art suspect.

L'art est essentiel parce qu'il ne sert à rien.

Certains aiment moins les tableaux quand leur cote baisse. Ce sont les mêmes qui aiment moins leurs amis quand ils ne sont plus aux commandes...

Le travail sans talent ne mène pas à grand-chose, mais le talent sans travail ne mène à rien.

Ce qui est ennuyeux a toujours meilleure presse que ce qui est amusant.

Seul le collectionneur d'art peut s'offrir une culture apparente... Imaginez un nouveau riche inculte qui entrerait dans une librairie et qui dirait : « Lisez-moi Balzac, Proust, Zola, Stendhal, Tolstoï, etc., et fichez-les-moi dans le crâne ! »

« L'essentiel de la peinture réside dans la pensée... »

Shitao.

Le « bon goût » est une expression erronée.

La créativité, qu'elle soit littéraire ou artistique, a le pouvoir de transformer la fragilité en force.

Gustave Courbet présentant *L'Origine du monde* pour la première fois devant les frères Goncourt et Khalil Bey : « *Le con, c'est moi.* »

« *C'est le vase qui donne la forme au vide et la musique au silence.* »

René Char.

L'art est presque toujours subjectif. Seuls les chefs-d'œuvre sont objectifs.

Une vraie collection raconte une vie aussi bien qu'un journal intime.

Un ami collectionneur : « *Pour faire une collection, mieux vaut avoir du goût que de l'argent.* »

« *Derrière chaque objet, il y a quelqu'un.* »

Louise de Vilmorin.

Confidences

Il faut empêcher ceux qui le regretteront de se confier.

Il ne faut pas écouter si on ne sait pas se taire.

Un homme qui ne dirait que la vérité serait un homme cruel.

«Deux femmes sont toujours d'accord sur le dos d'une troisième. »

Sacha Guitry.

Un secret que l'on a confié n'est plus un secret.

On ne devrait pas confier un secret à un ami, c'est un fardeau trop lourd à porter.

Il y a des mots qui pèsent plus lourd que d'autres.

On ne peut en vouloir à quelqu'un qui trahit un secret, puisque soi-même, on a eu besoin de le partager.

Le silence

Le silence ne contient aucune fausse note.

« J'écrivais des silences, les nuits, je notais l'inexprimable. Je fixai des vertiges. »

Arthur Rimbaud.

Le silence dans une conversation est l'indispensable place laissée à la libre interprétation.

Le silence parle à ceux qui savent l'écouter.

« Tout ce qui ne peut se dire qu'au moyen du silence. »

Louis-René Des Forêts.

« *Pourquoi sommes-nous embarrassés par le silence ?
Quel confort trouvons-nous dans le bruit ?* »

Mitch Albom, *Tuesdays with Morrie.*

5

LES MOTS CHAGRINS

Le chagrin

Les violons pleurent et me donnent envie de pleurer.

Parfois, il suffit de changer de lieu pour changer d'optique. Sauf en amour : le chagrin vous suit comme un petit chien.
(Dieu merci, mes chiens m'ont plus aimée que mes chagrins.)

« *Ces choses-là sont comme des tempêtes : on est d'abord transi, foudroyé, impuissant, puis le soleil revient ; on n'a pas complètement oublié l'expérience, mais on est remis du choc.* »

Kressmann Taylor,
Inconnu à cette adresse.

L'indifférence n'est pas naturelle. Elle est un apprentissage tristement nécessaire.

Il y a un dangereux enlisement dans la tristesse.

Finalement, je ne sais pas s'il est poli d'être gai ni s'il faut exprimer ses humeurs. Le bon équilibre à trouver se situe entre la fidélité à ce que l'on est et le respect des autres.

Il y a ceux qui achètent du chocolat au lait parce qu'ils aiment trop le chocolat noir. Ce sont les mêmes qui épousent une femme qu'ils n'aiment pas, pour être sûrs de ne jamais souffrir.

La tristesse est un pays. Quand on est dans la tristesse, on ne peut être ni à la plage ni à la campagne.

Les larmes soulagent la tristesse et si l'on peut en avoir honte, c'est pour cette raison

Le désespéré : « J'aime bien le désespoir quand il est teinté d'orgueil » ; malheureusement, souvent le désespoir chasse même l'orgueil.

« Mes yeux s'usent, mes forces s'usent, mais ma vie ne s'use pas parce que mes forces sont en dehors de moi. »

Luc Dietrich, *Le Bonheur des tristes*.

La déprime est un état si cruel que ressentir de la tristesse peut sembler égoïste et confortable à côté.

« On se console souvent d'être malheureux par un certain plaisir qu'on trouve à le paraître. »

La Rochefoucauld.

« Le désespoir ne peut rien déterminer ; il a toujours et tout de suite dépassé son but. »

Franz Kafka.

« *La tristesse d'autrui assurément me ragaillar-*
dit. »

Virginia Woolf.

La mélancolie

Les dimanches sont de longues nuits pour certains mélancoliques.

« Mélancolie », le mot coule comme l'eau d'une rivière : ne l'écoutez pas trop, il s'infiltre sans qu'on l'y invite.

Le « mal de vivre » part comme il vient, pour rien.

« Ma foi, sur l'avenir bien fou qui se fiera :
Tel qui rit vendredi, dimanche pleurera. »

Racine, *Les Plaideurs.*

La recherche de la perfection est une des formes de la solitude.

« *Mon cerveau est pareil à une balance, un poids infime le fait pencher. Hier il était équilibré; aujourd'hui, il fléchit.* »

Virginia Woolf.

« *La mélancolie, c'est le bonheur d'être triste.* »

Victor Hugo.

État d'âme : c'est l'âme dans tous ses états… c'est l'âme-corps, l'âme qui souffre d'un manquement comme un membre d'une fracture. Ne dit-on pas : « J'ai le cœur brisé » ?

Regardez bien : l'âme est inscrite sur les visages.

Le mal-être

Certains vont mal par flemme d'aller bien.

Quoi que tu ressentes, tu n'es pas le seul…

Il y a ceux qui sortent tout le temps, pour être sûrs de ne jamais se rencontrer.

Certains préfèrent ce qu'ils ont raté.

Vaut-il mieux regretter ce que l'on a fait ou ce que l'on n'a pas fait ?

Rien n'est plus triste que de n'être triste pour rien.

Les malheureux oublient le bien et jamais le mal. Une bonne vie consiste à garder le meilleur et oublier le pire.

Quand les flèches fusent de partout, il est difficile d'établir la provenance de la douleur.

« *En voyant dans la glace mon visage tourmenté et transpirant d'angoisse, une envie me prit d'envoyer un coup de poing dans la figure de ce crétin qui était là devant moi.* »

Stefan Zweig, *La Pitié dangereuse*.

« *Le malheur n'est jamais pur, pas plus que le bonheur. Mais, dès que l'on en fait un récit, on donne sens à nos souffrances, on comprend, longtemps après, comment on a pu changer un malheur en merveille. Car tout homme blessé est contraint à la métamorphose.* »

**Boris Cyrulnik,
Un merveilleux malheur.**

Les méchants sont malheureux ou pitoyables.

Les belles âmes peuvent aussi être malheureuses, mais jamais pitoyables...

Un homme agacé demanda a un terrassier qui détruisait une chaussée au marteau-piqueur, s'il en avait pour longtemps : « Moi monsieur ? Vingt ans. »

« *Ils passèrent à six pouces de moi, sans un regard, avec cette totale indifférence, semblable à la mort, qui est celle des sauvages quand ils sont malheureux.* »

Conrad, *Au cœur des ténèbres.*

« *La pensée est une espèce de jeu, qui n'est pas toujours très sain.* »

Alain, *Propos sur le bonheur.*

La solitude

« *La solitude n'est donc pas seulement un désespoir et un abandon, mais aussi une virilité et une fierté et une souveraineté.* »

Emmanuel Levinas, *Le Temps et l'Autre*.

« *Souvent, aux endroits isolés, à force de rester long-temps à guetter, on finit par voir, même en plein jour, des formes humaines qui surgissent entre les buissons et les rochers, on a l'impression que quelqu'un est en train de vous épier, puis on va voir, et il n'y a personne.* »

Dino Buzzati, *Le Désert des Tartares*.

« *Dans la solitude, nous apprenons à tout comprendre, à ne plus rien craindre.* »

Sándor Márai.

Quand le sentiment de solitude est ancré en soi, la foule ne fait que l'aggraver.

La solitude, c'est la liberté, et je me demande si ce n'est pas la liberté plus que la solitude qui effraie.

Les peurs

En Occident, certaines femmes ont peur de perdre leur mari, leur confort, leur rang dans la société, elles n'osent pas parler, ni se plaindre de rien ; elles sont moralement battues.

La peur est plus contagieuse que la grippe.

« (...) Que celui qui peine da is la boue,
Qui ne connaît pas de repos,
Qui se bat pour un quignon de pain,
Qui meurt pour un oui pour un non.
Considérez si c'est une femme
Que celle qui a perdu son nom et ses cheveux
Et jusqu'à la force de se souvenir,

Les yeux vides et le sein froid
Comme une grenouille en hiver.
N'oubliez pas que cela fut (…)»

Primo Levi, *Si c'est un homme.*

La haine

La haine est un lien tenace.

La haine de l'autre est parfois plus forte que l'amour de soi.

Il y a des gens qui, parce qu'ils vous aiment, tâchent de vous rendre malheureux.

Le pouvoir de nuisance comme une mesure de puissance.

« Moi vous vouloir du mal ? Vous êtes ce que je peux vous souhaiter de pire ! »

Natalie Barney, *Éparpillements.*

Il y a ceux qui n'ont pas les moyens d'être méchants.

« *Ma chère, cette jeune femme, je la déteste.*
— Moi aussi, parce qu'elle m'oblige à la détester, et je n'aime pas détester les gens. »

Virginia Woolf.

« *Fais tout le mal que tu veux du moment que tu le peux.* »

Nietzsche.

L'amour triangulaire est acceptable, pas la haine triangulaire.

La haine est plus contagieuse que l'amour.

« *Je vous hais justement parce que je vous ai permis tant de choses, et je vous hais encore plus parce que vous m'êtes si nécessaire.* »

Fédor Dostoïevski, *Le Joueur.*

La jalousie

Je connais une personne qu'une parcelle de lumière chez un autre rend folle, sauf si elle s'en sert pour s'éclairer.

«Vous devriez être flatté de susciter tant de jalousies…» Flatté? De ces pauvres regards prisonniers, de ces esprits incapables de réfléchir…

Le jour où mon père est mort, j'ai entendu ma mère murmurer: «Enfin, je ne serai plus jalouse…»

George Sand.

«C'est toujours en imitant le désir de mes semblables que j'introduis la rivalité dans les relations humaines et donc la violence.»

René Girard.

6

LES CARACTÈRES
EN QUELQUES MOTS

Le parano

Le parano est très facile à manipuler.

L'indécis

L'indécis est indécis parce qu'il pense à l'option sacrifiée, plutôt que de se concentrer sur l'option choisie.

L'ingrat

C'était un homme à qui il ne fallait rien donner, parce que, forcément, un jour on le regretterait.

La chanceuse

Un jour, en pleine mer, elle perd ses lunettes. Elle s'en aperçoit en rentrant à la maison et nous demande de les chercher. Nous reprenons le bateau, son ami jette l'ancre au milieu de la baie. « Cela devait être par là », dit-elle, alors que nous sommes loin des côtes. Son ami met un masque et plonge et remonte sous nos yeux éblouis quelques secondes plus tard avec la paire de lunettes à la main !

Commentaire de l'intéressée : « Je savais bien qu'elles étaient par là ! »

Le gâté

Le gâté d'aujourd'hui fuit le monde.

Le désaxé

Préfère l'effet au sens de ses paroles.

Le pervers

Un pervers perd ses moyens si on ne rentre pas dans son jeu.

Le collectionneur

« Quand j'ai rendez-vous avec un objet, j'ai le cœur qui bat. »

L'arrogant

Au fond, je ne sais pas si vouloir être aimé de qui ne nous aime pas est un signe d'arrogance ou de fragilité.

L'orgueilleux

« Qui tire orgueil
de sa richesse et de ses honneurs
S'attire bien des malheurs. »

Lao-Tseu

Le simulateur

Personne ne peut faire semblant, long-temps. Tôt ou tard, au détour d'une phrase, à cause d'une fatigue, d'une inattention, la nature profonde refera surface.

« Il était habile à exprimer ce qu'il n'éprouvait pas. »

Raymond Radiguet, *Le Bal du Comte d'Orgel*.

La complexée

Elle traite des personnes bien plus jeunes qu'elle de vieux pour se rajeunir.

La vertueuse

Elle n'était pas vertueuse, elle était dépri-mée.

La coquette

Elle se regarde, alors qu'elle est à table, dans la lame de son couteau...

« *J'aimerais mieux être morte que laide.* »

Madame Du Barry.

Le Casanova

« *Il n'est attiré par aucune condition, aucun pays, aucun uniforme. Aucune femme ne peut le retenir dans ses bras, aucun souverain à l'intérieur de ses frontières, aucune profession dans sa monotonie...* »

Stefan Zweig, *Trois poètes et leur vie.*

L'optimiste

Une amie à un écrivain célèbre qui avait un herpès ravageur au coin de la bouche : « Tu sais que cela te va bien ? »

Le pervers

« Il cherche à injecter en l'autre ce qui est mauvais en lui. »

Marie-France Hirigoyen.

Les mauvaises personnes

Les mauvaises personnes ne sont aimables que blessées ou par nécessité.

L'ambitieux

L'ambitieux est un hippopotame sur le chemin de l'étang, il écrase tout ce qui se trouve sur son passage.

J'aime la réussite sans l'ambition de la réussite.

L'arriviste

« Le pire avec les arrivistes, c'est qu'ils finissent toujours par arriver. »

Natalie Barney.

Un ami : « Je suis un arriviste sentimental... »

L'avare

La fortune ne libère pas l'avare de l'avarice.

« Il est naturel que les gens qui ont de l'argent soient appréciés dans les banques, l'ennui, c'est que cela arrive aussi hors des banques. »

Sigmund Freud.

Le déchu

Étrange spectacle que celui d'un hautain devenu affable, d'un méprisant devenu attentif. C'est le spectacle du pouvoir et de l'autorité perdus.

L'insatisfait

Il se force à faire des choses qu'il n'a pas envie de faire, parce qu'il a toujours l'impression qu'une nouvelle chance peut se présenter.

Il y a des gens qui ont tout et qui ont l'impression de ne rien avoir.

Celui qui rabâche

Celui qui rabâche un événement désagréable s'y complaît, ou n'a pas la force d'en sortir ; à moins qu'il espère, en revenant sur le passé, changer le cours des choses.

Le riche

Un homme riche est un homme qui ne s'ennuie jamais seul.

L'idiot

L'idiot est gouverné par ses humeurs.

Le snob

Celui qui cite des personnes connues à tour de bras et les appelle à la rescousse parce que, seul, il a l'impression de ne pouvoir intéresser personne.

Le paresseux

Pourquoi faire, si on est bien à ne rien faire ?

Les pauvres et les riches

Et cette dame qui échangerait toute sa richesse, tous ses atours contre un peu de jeunesse.

Les gens riches et les gens célèbres ne voient que les gens riches et les gens célèbres parce qu'ils se rassurent entre eux. Les pauvres ne voient que les pauvres parce que les autres ne veulent pas les voir, comme s'ils avaient peur d'être contaminés.

Quand on est né pauvre, on le demeure dans sa tête, quoi qu'il advienne.
Les anciens pauvres ne sont pas des riches comme les autres.

« J'ai appris dans ma jeunesse que, parmi les che-
vaux sauvages de la pampa, ceux qui avaient été
pris au lasso restaient ensuite craintifs tout au long
de leur vie. C'est ainsi qu'ayant connu la pauvreté
sans espoir, je continue à la redouter. »

Sigmund Freud,
lettre à Wilhelm Fliess.

Elle sort les mains vides, elle rentre les
mains pleines, puis elle range. Et le lendemain, elle recommence. Toute une vie à
acheter et ranger sans se soucier du monde,
des autres.

« Si tu donnes un poisson à un homme, il man-
gera un jour. Si tu lui apprends à pêcher, il man-
gera toujours. »

Lao-Tseu.

Les vieux ne sont plus riches.
Les jeunes ne savent pas qu'ils le sont.

7

LES MOTS DE LA FAMILLE

L'enfance

On reste au fond de soi, toute notre vie, la petite fille ou le petit garçon que l'on a été.

« J'ai été un enfant, et je ne le suis plus et je n'en reviens pas. »

Albert Cohen, *Le Livre de ma mère*.

Mon enfance n'a été ni bourgeoise, ni difficile, elle a été ailleurs, différente et interrompue.

Aussi bizarre que cela puisse paraître, il y a des enfants antipathiques.

« Je me souviens comme c'était agréable, à l'internat, d'être malade et d'aller à l'infirmerie. »

Georges Perec.

Conseil de mon père : « Dis toujours du bien de toi, les gens le répètent et ne savent plus d'où ça vient. »

Ma mère, comme une ponctuation : « Attention, ma fille ! »
(Quand je traverse la rue, quand je prends l'avion, j'entends encore la voix de ma mère, me suppliant de faire attention.)

« Aucun fils ne sait vraiment que sa mère mourra et tous les fils se fâchent et s'impatientent contre leur mère, les fous, si tôt punis. »

Albert Cohen.

Ma mère, pour me consoler quand j'étais enfant et que je ne pouvais me rendre là où j'aurais aimé : « Tu vas briller par ton absence... »

Certaines mères se dédouanent de tout le reste en aimant leurs enfants.

Un psy : « Vous n'aimez pas tout ce qui vient de la mer ? Comment écrivez-vous le mot ? »

« Mais ce que je sais plus encore, c'est que ma mère était un génie de l'amour. Comme la tienne, toi qui me lis. »

Albert Cohen.

Mon professeur de CM2 à Casablanca : « Il vaut mieux être grand au milieu des petits que petit au milieu des grands. »

Milan, dix ans : « Pourquoi donne-t-on toujours de l'argent aux pauvres et jamais aux jolies filles ? »

Une amie de la mère de Jean-Paul Sartre s'inquiétant de le voir lire *Madame Bovary* si jeune lui demanda :
– Quelles histoires liras-tu quand tu seras grand ?
– *Je les vivrai !*

Mari et femme

« Quand nous sommes d'accord, c'est moi qui choisis, quand nous sommes en désaccord, c'est ma femme. »

Mon mari.

L'homme pressé à sa femme : « Attends-moi cinq minutes, j'en ai pour une demi-heure. »

Un mari heureux de ne pas être parti en week-end : « À quoi ça sert ? On serait déjà revenus. »

Elle dit : « J'ai eu deux psys », comme elle dirait : « J'ai eu deux maris. » Elle a eu deux maris aussi.

Ma mère, à mon mari, le jour de notre mariage : « Le fond est bon… »

8

LES MOTS DU TEMPS QUI PASSE

L'âge

Comment croire ma mère quand elle me dit que je suis jeune alors que j'ai atteint l'âge où elle disait qu'elle ne l'était plus?

Je connaissais une baronne si coquette qu'avant de mourir, elle a demandé à son mari de ne pas oublier de la rajeunir de trois ans sur sa tombe.

Je mets trois ans à m'habituer à un nouveau chiffre; puis, quand enfin je suis confortable avec mon âge, j'ai trois ans de plus.

Qui m'a dit le jour de mon anniversaire : « Il faut rajouter de la vie à tes années et pas une année à ta vie » ?

Leonor Fini parlant d'une directrice de galerie : *« Comment faire confiance à une femme qui a un an de moins que son fils ! »*

Les femmes ont longtemps quarante-huit ans...

Un jour, les femmes découvrent qu'il existe des filles plus jeunes qu'elles, puis elles découvrent qu'il existe aussi des hommes plus jeunes, puis, un jour, elles s'en fichent.

« L'âge ne nous protège pas de l'amour, mais l'amour jusqu'à un certain degré nous protège de l'âge. »

Anaïs Nin.

« Ce matin, j'ai onze ans et demi », disait la vieille baronne en se regardant dans le miroir...

« Mal né, j'ai dit mes efforts pour renaître : mille fois les supplications de l'innocence en péril m'avaient suscité. »

Sartre, *Les Mots.*

« Il y a des hommes qui mènent un tel deuil dans leur cœur de la perte de la jeunesse, que leur amabilité n'y survit pas. »

Sainte-Beuve.

Le temps

Il a lu qu'à soixante ans, un homme avait dormi vingt-cinq ans et il est devenu insomniaque.

On ne se débarrasse d'un passé douloureux qu'en le comprenant.

Le temps soigne, mais il tue aussi

« *Toujours juché seul au sommet d'une montagne, à se poser des questions sur la vie, à énoncer des théories sur la vie ; mais sans jamais les vivre.* »

Virginia Woolf, *Journal.*

La vie devient plus intense quand il reste moins de temps.

Ce serait moins triste de commencer par la fin…

Le néant est à chaque extrémité.

Qui aime assez la vie, à vingt ans, pour l'aimer à perte de vue ?

Souvent les femmes sont plus chirurgicales avec le passé. Elles tournent les pages mieux que les hommes.

C'est la perspective de la mort qui fait aimer la vie.

Dépêche-toi de t'approcher de tes rêves.

La vieillesse

« Voici moins de bonheur,
mais voici moins de peine
Le rossignol se tait,
se taisent les sirènes. »

Agrippa d'Aubigné.

Vieillir, c'est bien, on vacille un peu, mais au fond, on tient mieux debout. C'est devenir roseau avec les racines d'un chêne.

Vieillir, c'est ne plus pouvoir dire : « Quand je serai grand, je serai... »

La peur de vieillir, c'est une réflexion non aboutie.

La vie est mal faite, on aurait dû naître vieux, le cheminement vers la disparition aurait été moins triste, puis l'expérience aurait éclairé la jeunesse.

Il y a des jeunes qui ne deviennent jamais vieux et des vieux qui n'ont jamais été jeunes.

Beaucoup se réconcilient avec la vie quand il est déjà trop tard.

Ah ! l'idée de vieillir, de devenir quelqu'un que l'on n'aime pas, après avoir mis tant d'années à devenir quelqu'un que l'on aime bien.

On finit par aimer aussi le confort des sentiments.

Certaines personnes savent mieux être jeunes quand elles ne le sont plus.

« *Je me suis aimé, je me suis détesté, puis nous avons fini par vieillir ensemble.* »

Paul Valéry.

L'inégalité est au début, l'égalité est à la fin.

Les mots de la fin

« Je suis là, moi, homme, il faut que j'accepte l'inacceptable : je ne veux pas faire la guerre, et je la fais ; je veux savoir, et je ne sais rien. Si je finis par aimer cette existence dans laquelle je suis plongé, je souffre parce qu'on me la retire. J'ai des forces, elles s'épuisent, je vieillis et je ne veux pas mourir. C'est cela l'invraisemblable : aimer une existence que l'on m'a imposée, qui m'est reprise au moment où je l'ai acceptée. »

Ionesco, *Journal en miettes.*

N'attendons pas la menace de la fin pour être au-dessus de la vanité.

Il y a un moment où on passe son temps à décorer ses amis puis à les enterrer.

« *J'ai été jeune, j'ai été jolie, on me l'a dit et je l'ai cru. Voilà, mon père, vous pouvez juger du reste.* »

Mme du Tencin,
à la veille de sa mort.

Une vie réussie devrait bien se finir.

François Mitterrand quelques jours avant sa mort : « *La vie est belle, la République généreuse ! Regardez. J'ai un grand appartement, trois cents mètres carrés, une voiture avec chauffeur. Malheureusement, j'ai un cancer, et vous savez ce qu'il y a de pire ? C'est que c'est affreusement banal.* »

Certains vivants sont morts. Certains morts sont présents.

« *Dès qu'on est né, on est assez vieux pour mourir.* »

Heidegger.

« *On meurt toujours d'un moment d'inattention.* »

Maurice Rheims.

« Dieu merci, les pécheurs vivants deviennent vite des morts offensés. »

Albert Cohen.

« La peur de mourir est une pensée d'oisif... Mieux on remplit sa vie, moins on craint de la perdre. »

Alain, *Propos sur le bonheur.*

Seule la fin éclaire l'histoire.

« Il y a dans les familles coutume de dire, si l'on nous garde quelque argent en réserve, qu'il ne faut pas nous le donner, pour s'il nous "arrivait quelque chose", oubliant qu'il nous arrive continuellement ce quelque chose de vivre et que nous mourons chaque minute aussi bien que nous mourons un jour. »

Jean Cocteau, *Journal d'un inconnu.*

« Toi qui, sur le néant, en sais plus que les morts... »

Mallarmé.

À chaque fois que je n'arrive pas à finir un livre, peut-être parce que je m'y sens bien et que je redoute le point final, je pense à Freud qui disait, parlant de l'analyse, qu'elle était terminée et interminable.

Comme ce livre. Comme nous.

Maman me disait quand j'étais petite : « Mourir, un seul *r* parce qu'on ne meurt qu'une fois... » J'ai souvent eu envie d'ajouter un *r* à mourir, parce que aujourd'hui je sais que l'on meurt plusieurs fois dans une vie, mais que l'on ressuscite aussi.

Table

Composition IGS-CP
Impression Bussière, septembre 2007
Éditions Albin Michel
22, rue Huyghens, 75014 Paris
www.albin-michel.fr

ISBN : 978-2-226-17922-7
N° d'édition : 25615. – N° d'impression : 073176/4.
Dépôt légal : mai 2007.
Imprimé en France.